TEXTE : GILBERT DELAHAYE
IMAGES : MARCEL MARLIER

à Charlotte

en souvenir de sa grégnène Jeanne d'Alsace

martine
fait de la bicyclette

casterman

La route qui conduit vers les jolis villages et va se perdre dans la campagne, la connaissez-vous?
Martine aimerait bien se promener à bicyclette sur la route.

Mais elle n'a qu'un vélo à trois roues. Celui que son papa lui a offert quand elle était toute petite. Il n'est plus à sa taille. Quand elle pédale, ses genoux cognent contre le guidon.
Avec ce vélo, Martine ne pourrait même pas aller à l'école.
Et pourtant, l'école n'est pas loin, vous savez.
Tenez, voici le petit chat de la directrice.

– Veux-tu me prêter ton vélo ? demande Martine à son frère Jean. Je ne l'abîmerai pas.

– Pour quoi faire ? Tu ne sais même pas rouler !

– Eh bien, je vais apprendre ! répond Martine, vexée.

D'abord, monter à bicyclette n'est pas si facile que cela.

Et puis, il faudrait prévenir maman. Cela ne serait pas chic de rouler à bicyclette sans qu'elle le sache. Mieux vaut lui en parler tout de suite.

Maman veut bien que Martine apprenne à rouler à bicyclette. Grand-papa, qui a tout entendu, est allé en acheter une en cachette pour faire une surprise à la maison.

Voyez comme elle est jolie, la bicyclette de Martine !

Martine sera sûrement très heureuse.

Pour apprendre à rouler à bicyclette, rien ne vaut le jardin derrière la maison. Il y a une allée bien droite et on ne risque pas de se faire accrocher par les voitures.

– Ne serre pas le guidon si fort, dit grand-père... Et regarde bien devant toi.

– Surtout ne me lâche pas, dit Martine.

Avec grand-père, c'est un plaisir d'apprendre à rouler à bicyclette, n'est-ce pas ?

Maintenant Martine sait rouler à bicyclette toute seule... Vous croyez?... Elle n'aurait jamais dû s'aventurer dans le village sans prévenir grand-père. Les pavés sont semés de trous et de bosses. Et le chemin descend, descend toujours plus vite...

Comment faire pour s'arrêter ?

Après le tournant, la cour de la ferme. Par chance, la barrière est ouverte. Sinon, Martine se serait jetée dessus.

– Attention ! crie Martine en perdant les pédales... Attention !

– Coin, coin, coin, font les oies.

– Sauvons-nous, dit la poule Noirette, il va y avoir un accident...

Tout à coup, devant Martine, un grand tas de paille. Elle lâche le guidon et... patatras!...

– Mais c'est Martine! s'écrie le garçon de la ferme, tout surpris. Pourvu qu'elle ne se soit pas cassé une jambe!...

... ni blessures ni dégâts. Simplement quelques égratignures.

– Tu vois, dit grand-père, il ne fallait pas rouler si vite. L'essentiel, à bicyclette, c'est de savoir s'arrêter. Par exemple, je suis sur le chemin. Tu arrives. Vite tu freines et tu sautes en bas de ta bicyclette. C'est ainsi qu'il fallait s'arrêter.

Maintenant Martine sait rouler pour de bon.

Mais grand-père lui a dit :

– Surtout, pas d'imprudence !

– C'est promis, dit Martine. Je vais rester sur la place du village.

Sur la place du village, les amies de Martine l'attendent avec impatience, car aujourd'hui, c'est congé toute la journée.
– Tu as de la chance, Martine, d'avoir un nouveau vélo!
– Je peux l'essayer? Quand tu viendras chez moi, je te prêterai mon cyclorameur.

Cet après-midi, Martine et grand-père sont allés faire une longue promenade à bicyclette dans la campagne tout ensoleillée.
Dans la campagne, il y a des chemins avec des ornières et des champs à perte de vue. On pourrait rouler pendant des heures entre les grands arbres où le vent siffle.
Patapouf a bien du plaisir. Il saute par-dessus les flaques d'eau. C'est amusant d'accompagner Martine quand elle roule à bicyclette avec grand-père!
Mais n'est-ce pas imprudent de folâtrer autour d'elle?
Une autre fois, Patapouf devra rester à la maison.

– Ici, dit grand-père, nous arrivons à Pont-Saute-Mouton. Il faut s'arrêter au feu rouge.

– Quand pourrons-nous passer ?

– Quand le signal sera vert, pardi ! C'est expliqué dans le code de la route... Connais-tu le code de la route ? Cela n'est pas difficile. Regarde :

Rouge :
tu ne peux pas passer.

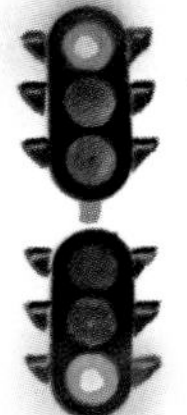

Vert : tu peux passer.

Sens interdit.

Sens obligatoire.

Stop obligatoire.

Priorité à droite.

Je vais tourner à droite.

Je vais tourner à gauche.

– Oh là! Mon pneu avant est à plat, dit Martine inquiète. Heureusement, grand-père est là. En quelques minutes, il a démonté la roue. Dépêchons-nous! Il s'agit de réparer la fuite avant la nuit.

Et maintenant, vite, rentrons à la maison.

Tiens, une voiture qui arrive en sens inverse...

C'est peut-être papa qui s'inquiète à cause de la nuit qui commence? Sans doute vient-il à la rencontre de Martine et de grand-père?

C'est tellement agréable de rentrer à la maison !
Grand-père s'assied dans son fauteuil. Patapouf retrouve son petit maître. Papa et maman ne se font plus de souci.

– Repose-toi, grand-père, dit Martine, je vais enlever tes chaussures. Tu n'es pas trop fatigué ?

– Couci couça. Et toi, Martine ?

– Moi, j'ai les jambes raides d'avoir tant pédalé. Mais, tout de même, on a fait une fameuse randonnée !...

Martine et grand-père sont de vrais amis.

Le lendemain, Martine nettoie sa bicyclette.

Les chromés brillent.
Les pédales tournent bien.

– Drelin, drelin, fait la sonnette joyeusement.
– Tiens, on a sonné, se dit la poule en penchant la tête. C'est l'heure du déjeuner, sans doute ?

– Martine, tu veux bien que j'attache mon auto à ta bicyclette? demande le petit frère.
– Oui, mais nous ne traverserons pas la grand-route, sinon grand-père sera fâché.

Nous n'irons pas trop vite et nous prendrons soin de rouler à droite. Nous serons polis envers tout le monde.
Et surtout nous serons prudents!
Car, en chemin, on n'est jamais seul. Et ce serait dommage de gâcher un si bel après-midi.

Imprimé en Belgique par Casterman, s.a., Tournai. Dépôt légal: 3e trimestre 1971: D. 1986/0053/120.
Déposé au Ministère de la Justice, Paris (loi n° 49.956 du 16 juillet 1949 sur les publications destinées à la jeunesse).